눈오리야,
우리가 지켜 줄게!

저학년 **책이 좋아_11**

눈오리야, 우리가 지켜 줄게!

초판 1쇄 인쇄 2024년 12월 2일
초판 1쇄 발행 2024년 12월 11일

글 김온서
그림 루치루치

펴낸곳 도서출판 개암나무(주)
펴낸이 김보경
경영관리 총괄 김수현　**경영관리** 배정은 조영재
편집 조원선 김소희 오은정 이혜인　**디자인** 이은주　**마케팅** 이기성
출판등록 2006년 6월 16일　제22-2944호

주소 서울특별시 용산구 한남대로40길 19, 4층(한남동, JD빌딩) (우)04417
전화 (02)6254-0601, 6207-0603　**팩스** (02)6254-0602　E-mail gaeam@gaeamnamu.co.kr
개암나무 블로그 http://blog.naver.com/gaeamnamu　**개암나무 카페** http://cafe.naver.com/gaeam

ISBN 978-89-6830-853-6 74800
ISBN 978-89-6830-050-9 (세트)

품명 아동 도서 | 제조년월 2024년 12월 11일 | 사용연령 8세 이상
제조자명 개암나무(주) | 제조국명 대한민국 | 전화번호 02-6254-0601
주소 서울특별시 용산구 한남대로40길 19, 4층(한남동, JD빌딩)

눈오리야,
우리가 지켜 줄게!

김온서 글   루치루치 그림

개암나무

차례

뽀드득뽀드득 ★ 7

거긴 위험해! ★ 15

눈오리 네 마리 ★ 20

친구가 되지 않는 법 ★ 30

눈오리를 구출하라! ★ 38

가자, 우리 집으로! ★ 43

놀이터에 펼쳐진 우산 ★ 48

우리 친구가 된 거야? ★ 55

모두 모두 잘 자! ★ 60

작가의 말 ★ 66

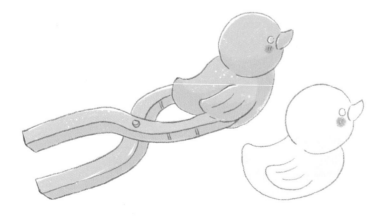

뽀드득뽀드득

아침에 눈을 뜨니 온 세상이 새하얗게 변했어. 밤새 눈이 내렸나 봐.

"학교 다녀오겠습니다!"

우주는 부츠를 신고 모자에 장갑까지 단단히 걸치고 집을 나섰어. 엘리베이터를 타고 1층에 도착해 아파트 마당으로 쏜살같이 달려 나갔지. 빨리 눈을 밟으며 '뽀드득뽀드득' 즐거운 소리를 내고 싶었거든.

그런데 웬걸, 부지런한 어른들이 벌써 눈을 다 치워 놓았지 뭐야?

그래도 우주는 실망하지 않았어. 이럴 때는 길가에 쌓아 놓은 눈 위로 걸으면 되거든. 사실 그건 쉬운 일이 아니야. 마구 포개 놓은 장난감처럼 함부로 쌓아 둔 눈은 땅 위에 반듯하게 내린 눈과 달라. 좀 울퉁불퉁하달까? 어떤 데는 생각보다 발이 깊이 푹 빠지기도 하고, 또 어떤 데는 눈이 뭉쳐 있어서 딱딱해. 그러니 잘못하면 넘어질 수도 있어.

　우주도 작년까지는 엄마가 손을 붙잡아 줘야 겨우 걸을 수 있었어. 하지만 이제는 혼자서도 할 수 있어. 이 겨울이 지나

고 나면 우주도 2학년 형이 되니까.

길가에 쌓인 눈 위로 우주의 발자국이 하나둘 도장처럼 찍혔어. 아쉬운 대로 '뽀드득' '푸드덕' 소리도 났어. 생각보다 재미있었어.

우주는 학교 가는 것도 잊은 채 고개를 푹 숙이고 발만 보며 걸었어. 한 발 한 발 한참을 걷다 보니 어느새 아파트 놀이터까지 와 버렸어.

"우아!"

놀이터는 온통 새하얀 눈으로 가득했어. 아직 아무도 다녀가지 않았나 봐. 누구도 밟지 않은 눈 위를 가장 먼저 걷는 건 정말이지 짜릿한 일이야. 우주는 떨리는 마음으로 조심스럽게 한 발을 내디뎠어.

'뽀드득뽀드득'

경쾌하고 멋진 소리가 났어.

'그래, 바로 이 소리야!'

달콤한 사탕을 입안 가득 굴리다 어금니 사이에 올려 두고 깨물면 나는 '오도독' 소리 알아? 그 소리랑 조금 비슷한 것도

같아. 새하얀 비누 거품을 헹궈 내며 목욕탕 거울을 '뽀득뽀
득' 닦을 때 나는 소리 같기도 하고.

　신이 난 우주는 이쪽으로, 저쪽으로 바쁘게 걸어 보았어.
반듯이 걸었다 둥글게 걸었어. 또 앞으로 걸었다 뒤로 걸었지.
천천히 걷다가 와다닥 달렸어. 그러다 저도 모르게 엉덩이를
씰룩쌜룩. 오른쪽으로 빙글, 왼쪽으로 빙글.

우주가 기분이 좋을 때마다 추는 '엉덩이 씰룩 춤'이야. 엄마가 가장 좋아하는 춤이지.

그런데 신이 나서 엉덩이를 씰룩거릴수록 이상하게 눈물이 나려고 했어. 엄마가 보고 싶어졌거든.

우주 엄마는 지난 여름방학 때 하늘나라로 이사를 갔어. 우주를 두고 혼자서 말이야.

"겨울이 오면 우리 우주랑 같이 눈사람도 만들고 눈오리도 만들기로 했는데, 엄마가 약속을 못 지킬 것 같아. 미안해서 어쩌지?"

엄마는 떠나기 전에 우주의 손을 잡고 말했어.

"아빠랑 만들면 돼. 엄마는 하나도 걱정하지 마."

우주는 엄마를 걱정시키고 싶지 않아 어른스럽게 말했어.

"고마워. 그런데 우주야, 엄마랑 하나만 더 약속해 줄 수 있어?"

"응. 뭐든 약속할 거야."

"우리 우주, 엄마 없이도 즐겁고 씩씩하게 잘 지낼 수 있지?"

우주는 고개를 크게 끄덕였어. 엄마가 잘 알아볼 수 있게 말이야.

엄마가 새끼손가락을 펴 우주 앞에 내밀었어.

우주도 새끼손가락을 펼쳐 엄마 손가락에 걸었어.

손가락 두 개가 서로를 꼭 껴안았어.

엄마가 빙그레 웃었어.

우주도 빙그레 웃었지.

우주는 엄마가 웃는 게 세상에서 제일 좋아. 어쩐지 엄마를 기쁘게 한 것 같아 마음이 뿌듯했어. 우주는 엄지 도장도 찍고, 손바닥 복사도 했어. 더 단단히, 꼭꼭 약속하려고 말이야.

우주는 춤추기를 멈췄어. 울고 싶지 않았어. 씩씩하게 지내겠다고 엄마와 한 약속을 지켜야 하잖아. 대신 제자리에서 빙글빙글 돌기 시작했어. 마음이 쓸쓸할 때 이렇게 하면 좀 괜찮아지더라.

한 바퀴, 두 바퀴, 세 바퀴……. 우주가 빙글빙글 돌자 놀이터의 미끄럼틀, 그네, 의자도 차례차례 돌았어. 모두 설탕 같은 하얀 눈을 머리에 소복이 이고 있었어.

'어? 저건 뭐지?'

빙글빙글 돌던 우주가 우뚝 멈춰 섰어. 시소 위에 놓인 뭔가를 발견했거든.

"우아, 눈오리다!"

거긴 위험해!

우주는 서둘러 시소로 달려갔어.

시소 위에는 눈오리 네 마리가 쪼르륵 앉아 있었어. 눈오리는 우주의 두 손에 쏙 들어올 만큼 작고 앙증맞았어. 어찌나 야무져 보이는지 금방이라도 살아날 것 같았지. 꽥꽥거리며 우주 뒤를 뒤뚱뒤뚱 쫓아다닐 것 같았어.

'귀여운 녀석들!'

내내 시소 위에 앉아서 우주를 지켜보고 있었나 봐.

우주는 시소 앞에 쪼그려 앉아 눈오리들과 눈을 맞췄어.

"너희들 언제부터 거기 있었어?"

우주의 물음에 눈오리들은 말없이 웃기만 했어.

"내 엉덩이 씰룩 춤 다 본 거야? 창피하게."

눈오리들은 이번에도 눈웃음만 지었어. 우주가 창피해할까
봐 웃음을 참고 있는지도 몰라.

"그런데 왜 그런 곳에 앉아 있어? 거긴 위험한데……."

눈오리들은 시소의 길고 넓적한 대 한가운데에 놓여 있었어.

우주는 생각했어.

'만약 누군가 눈오리를 발견하지 못하고 시소를 타기라도 한

다면?'

시소는 이리 기우뚱, 저리 기우뚱 움직일 테고, 그러면 눈오리들이 바닥으로 쿵! 떨어져 버릴 거야.

'그렇게 되면…… 모두 부서질지도 몰라. 큰일이네.'

마음이 다급해진 우주는 눈오리들에게 한 발 더 가까이 다가갔어. 그리고 눈을 똑바로 바라보며 말했어.

"안 되겠어. 내가 모두 안전한 곳으로 옮겨 줄게. 잠깐만 기다려."

우주는 장갑 낀 두 손을 앞으로 내밀었어. 그리고 조심조심 눈오리를 만지려는데, 그때 누군가 아파트가 떠나가라 쩌렁쩌렁 소리쳤어.

"우주야! 너 아직도 학교 안 가고 뭐 해? 얼른 학교 가야지!"

우주 할머니야. 할머니는 베란다에서 놀이터를 내려다보고 있었어.

아파트 5층인 할머니 댁 베란다에서는 놀이터가 한눈에 보여. 빨래를 널다가 우주를 발견했나 봐.

엄마가 돌아가신 뒤로 우주는 할머니와 함께 살게 되었어. 아빠가 출장을 자주 다녀서 집을 비우는 날이 많았거든. 할머니 댁은 우주가 원래 살던 곳에서 차로 두 시간이나 걸려. 그래서 어쩔 수 없이 친구들과 헤어져 이 동네 학교로 전학을 왔어. 1학년 여름방학이 끝나고 가을부터 이 학교에 다녔으니까 전학을 온 지도 벌써 석 달이 다 되어 가. 하지만 학교에는 아직 친한 친구가 없어. 우주는 당분간 친구를 사귀지 않기로 마음먹었거든.

할머니가 계속 우주를 불렀어. 우주도 고개를 젖히고 할머니를 바라보았어. 그리고 힘껏 소리쳤어.

"할머니! 나 눈오리만 안전한 곳으로 옮겨 놓고 곧바로 학교에 갈게요."

우주의 말이 끝나기도 전에 할머니가 또 외쳤어. 목소리가 더 커진 걸 보니 조금 화가 난 것도 같았어.

"지금 가도 지각이야. 얼른 달려가, 어서! 안 그럼 아빠한테 전화한다!"

우주는 어쩔 수 없이 일단 학교부터 가기로 했어.

아빠는 주말에 우주를 만나러 올 때마다 말하곤 해. 할머니 말씀 잘 들어야 한다고. 연세 많은 할머니가 힘들지 않도록 말이야. 그때마다 우주는 새끼손가락을 걸고 아빠와 단단히 약속해. 그러니 할 수 없는 일이야.

우주는 눈오리들에게 서둘러 말했어.

"안 되겠다. 나 얼른 학교 갔다 올게. 그때까지 여기 잠깐만 있어. 알았지?"

우주는 학교 쪽으로 걸음을 옮기면서도 자꾸 눈오리들을 돌아봤어. 우주가 돌아올 때까지 눈오리들이 무사할 수 있을지 걱정이 됐거든.

한편으로는 아이들이 모두 학교에 갈 시간이니까 그 사이 누가 와서 시소를 타는 일은 없을 것 같다는 생각도 들었어. 우주는 그제야 안심하고 학교로 달려갔어.

눈오리 네 마리

오늘따라 학교에 있는 시간이 길게 느껴졌어. 수업 시간에도 우주는 눈오리 생각에 창밖만 바라봤어.

작년 겨울, 엄마와 함께 눈오리를 만들던 때가 생각났어.

밤새 눈이 내리던 날이었어. 엄마가 잠든 우주를 살살 흔들어 깨웠어.

"우주야! 엄마랑 밖에 나가자."

우주는 눈을 비비며 일어나 앉았어. 잠결에 슬쩍 내다본 밤하늘은 검은 도화지처럼 깜깜했어.

"아직 아침도 아닌데?"

"하지만, 눈이 오는걸?"

우주의 말에 엄마가 방긋 웃으며 대답했지.

우주는 반가운 마음에 벌떡 일어나 차가운 창문에 얼굴을
대고 밖을 내다봤어. 노란 가로등 불빛 아래로 하얀 솜뭉치
같은 눈이 내리고 있었어.

"진짜 눈이 오네?"

우주와 엄마는 밖으로 달려 나갔어.

새하얀 눈이 아파트 마당에 가득 펼쳐졌어.

"우아! 하얀 세상이다!"

우주가 소리쳤어.

소복이 쌓인 눈은 꼭 커다란 그릇에 담긴 새하얀 아이스크림 같았어.

'얼른 먹어, 얼른. 우주 네가 제일 먼저야, 어서.'

꼭 그렇게 속삭이는 것만 같았지.

우주는 두 손 가득 눈을 퍼 올렸어. 그리고 혀를 길게 내밀어 할짝할짝 맛을 봤어. 손안에서 눈들이 우르르 뒤로 물러났어. '우히히' '우헤헤' 간지럼이라도 타는 것처럼 말이야.

그때 엄마가 아무도 밟지 않은 눈 위를 천천히 걸었어.

'뽀드득뽀드득'

고요한 밤하늘 위로 재미나고 옹골찬 소리가 퍼져 나갔어.

"와! 재밌겠다!"

우주도 그 뒤를 따라 걸었어. 엄마 발자국 위로 말이야.

'뽀드득뽀드득, 뽀드득……'

우주는 눈 위를 걸으며 생각했어.

‘꼭 마음속을 걷는 것 같네?’

눈을 밟으며 ‘뽀드득뽀드득’ 소리가 날 때마다 우주의 마음속에도 새하얀 발자국이 하나둘씩 찍히는 것 같았어. 신기한 일이었어.

한참을 걷다 우주는 뒤를 돌아봤어. 엄마 발자국 위에 포개진 우주의 발자국, 우주 발자국을 품은 엄마의 발자국이 그림처럼 남아 있었어.

“와! 재밌다! 두 사람이 걸었는데 발자국은 하나야.”

그렇게 말하는 우주를 보며 엄마가 이야기했어.

“그럼 이건 어때?”

엄마는 장난꾸러기처럼 눈 위를 여기저기 마구 뛰어다녔어. 우주도 엄마 뒤를 따라 요리조리 바쁘게 달렸지. 새하얀 눈 위에 찍힌 엄마와 우주의 발자국이 꼭 춤을 추는 것 같았어.

잠시 뒤 우주는 눈을 꽁꽁 뭉쳐 눈사람을 만들었어. 엄마는 저쪽 벤치 아래에서 눈오리를 만들었고. 우주는 어쩐지 그쪽이 더 재미있어 보였어. 일른 엄마가 있는 곳으로 달려갔지.

“우아! 귀엽다.”

엄마가 만든 눈오리는 어느새 우주네 반 아이들만큼이나
많아졌어.

"엄청 귀엽지?"

눈오리를 만드는 엄마는 무척 신이 나 보였어. 우주는 벤치
에 앉아 그런 엄마를 바라보며 웃었어. 우주는 장난꾸러기 엄
마가 너무 좋았어.

"하나, 둘, 셋, 넷."

엄마는 여러 눈오리 중 네 마리를 골라 우주 옆에 나란히
올려놓으며 말했어.

"우주랑 친구들."

그러더니 진짜 우주에게 이야기하는 것처럼 눈오리에게 말
했어.

"우주야, 새 친구들이랑 사이좋게 놀아."

눈오리들은 잘 알겠다는 듯 환하게 미소 지었어.

"어떤 눈오리가 나야?"

신이 난 우주가 물었어.

"음…… 네 옆에 앉아 있는 씩씩해 보이는 애."

"나머지는 내 친구들이고? 그럼 애들은 이름이 뭐야? 어디 한번 말해 봐."

"엄마는 모르지. 친구들 이름은 우주가 알겠지?"

"뭐야, 엄마 엉터리!"

그 말에 엄마는 도망치듯 눈밭으로 달려갔어. 우주는 엄마를 쫓아갔지. 엄마와 우주는 숨이 차게 눈밭을 달렸어.

그날도 우주는 신이 나서 엉덩이 씰룩 춤을 추었어. 그 모
습을 보고 엄마가 까르륵 웃었지. 귓가에 그날 밤 엄마의 웃
음소리가 들리는 것만 같았어.

'그날 진짜 재미있었는데……'
우주는 생각에 잠겨 자기도 모르게 빙긋 웃었어.

그때였어.

"뭐 재미있는 일이라도 있어?"

옆자리에 앉아 있던 은지가 물었어.

우주는 깜짝 놀라 얼른 미소를 감췄어. 그리고 언제 웃었냐
는 듯 열심히 책을 읽는 척했어.

친구가 되지 않는 법

은지와는 두 달 전에 자리를 바꾸면서 짝꿍이 되었어. 하지만 우주는 은지와 한 마디도 나눈 적이 없었어.

아까 말했잖아. 우주는 이곳으로 전학을 오면서 새로운 친구를 사귀지 않기로 마음먹었다고.

왜 그러기로 했냐고? 우주는 엄마가 돌아가시면서 전학을 오느라 어쩔 수 없이 친구들과 헤어졌다고 했잖아. 그때 마음이 너무 아팠거든. 엄마랑 헤어지는 것도 슬픈데, 유치원생 때부터 친했던 혜성이, 경호, 주연이, 미래와도 만날 수 없다는 게 참 슬펐어.

할머니는 우주가 조금만 더 크면 다시 아빠랑 살 수 있을

거라고 이야기해. 그러니까 여기서 친구를 사귄다고 해도 곧 헤어져야 할지도 몰라. 우주는 또다시 슬픈 이별을 하고 싶지 않았어. 그래서 친구를 사귀지 않기로 마음먹었어. 친한 친구를 사귀지 않는다면, 헤어질 때 슬플 일 따윈 없을 테니까.

가끔 심심하거나 쓸쓸할 때도 있지만 괜찮아. 책을 읽어도 되고, 할머니가 허락해 주는 시간에 휴대 전화나 컴퓨터로 게임을 해도 되니까.

그런데 짝꿍 은지는 그런 우주의 마음도 모르고 매일매일 말을 걸었어. 우주가 제대로 대답해 준 적이 한 번도 없는데도 말이야. 우주는 은지가 정말 친절한 아이라고 생각했어. 참, 얼마 전에는 은지가 들려준 이야기가 너무 재미있어서 하마터면 활짝 웃을 뻔했다니까.

쉬는 시간에 은지가 자리에 앉아 말했어.

"내 동생이 블록 놀이를 하다가 '뿡' 하고 방귀를 뀌었는데, 옆에 있던 공기 청정기가 갑자기 막 소리를 내면서 돌아갔다니까? 진짜야!"

듣고 있던 친구들이 모두 '우하하하' 소리 내어 웃었어. 옆에

앉아 있던 우주도 정말 웃겼지만 얼른 마음을 가라앉히고 몰래 속으로만 웃었어.

학교에서 재미있는 일이 일어날 때마다 우주는 남몰래 가만히 웃거나, 참았다가 화장실에 가서 조용히 웃거나, 아니면 집에 가서 다시 생각하며 혼자 웃었어. 자꾸 연습하니까 웃음도 참아지더라.

그래서 은지는 우주가 미소 짓는 모습을 오늘 처음 본 거야. 그러니 무슨 일로 웃는지 궁금할 만도 하지.

우주는 얼른 입가에 번진 미소를 거두고 책을 읽는 척하면서 생각했어.

'은지야, 미안해. 하지만 친구가 되지 않으려면 어쩔 수 없어.'

국어 시간에는 받아쓰기 시험을 보았어.

선생님이 불러 주는 문장을 받아 적는데, 은지가 자꾸 부

스럭거렸어. 지우개를 잃어버렸는지 필통을 이리저리 뒤적이더라. 우주는 책상 위에 놓인 자기 지우개를 만지작거렸어. 빌려주고 싶은 마음이 굴뚝같았거든. 하지만 꾹 참았어. 친구가 되지 않으려면 어쩔 수 없는 일이니까.

그때 선생님이 우주의 자리로 다가왔어. 은지와 우주를 번갈아 보더니 우주에게 손을 내밀었어. 우주 손에 든 지우개를 달라는 뜻 같았어. 우주는 선생님에게 쥐고 있던 지우개를 건넸어. 선생님은 은지에게 우주의 지우개를 빌려주었어. 그리고 다음부터는 필기도구를 잘 챙겨 오라고 주의를 줬어.

'내가 얼른 빌려줬더라면 은지가 혼나지 않았을 텐데…….'

우주는 마음이 무거웠어.

쉬는 시간에 은지는 책상에 얼굴을 묻고 엎드려 있었어. 그 모습을 보니 안 그래도 무거운 마음이 '쿵' 하고 땅 아래로 떨

어지는 것 같았지. 은지에게 괜찮은지 묻고 싶었지만, 그럴 수
도 없었어.

수업이 모두 끝나자, 선생님은 우주에게 잠깐 남으라고 했
어. 눈오리들에게 얼른 가겠다고 약속했는데, 선생님은 그 사
실을 모르니 어쩌겠어? 선생님 말씀이 끝나자마자 놀이터로
달려가는 수밖에.

아이들이 학교를 빠져나가자 교실에는 선생님과 우주, 둘만
남았어. 선생님은 우물쭈물 서 있는 우주에게 의자를 내어
주며 말했어.

"아까 은지한테 왜 지우개를 빌려주지 않았어? 은지랑 싸웠
니?"

"아니요."

"친구가 곤란할 때는 서로 도와야지. 좀 있으면 겨울방학인
데, 우주한테 아직 친한 친구가 없는 것 같아서 선생님은 걱
정이 돼. 친구를 사귀려면 네 것도 나눠 주고……"

선생님 말씀이 채 끝나기도 전에 우주가 말했어.

"지우개를 빌려줘서 경호랑 친구가 됐는걸요? 그래서 빌려

주지 않은 거예요. 참, 경호는 예전 학교에서 친하게 지냈던 친구예요."

"우주는 누군가랑 친구가 되는 게 싫다는 말이야?"

"네. 새로운 친구를 사귀고 싶지 않아요."

"그래서 일부러 지우개를 빌려주지 않았고?"

우주는 대답 대신 고개를 끄덕였어.

"우주야, 왜 친구를 사귀고 싶지 않은데?"

"……."

우주는 속마음을 쉽게 말하지 못했어.

"괜찮아. 선생님한테 천천히 얘기해 봐."

"헤어지는 건 정말 슬프니까요."

우주의 말에 선생님이 잠시 멈칫했어. 그리고 다시 말을 이었어.

"하지만 헤어지더라도 다시 만나자고 약속하면 되는걸?"

"약속해도 지킬 수 없는 일도 생겨요. 우리 엄마처럼요."

가만히 우주를 바라보던 선생님은 말없이 우주를 꼭 안아 주었어.

우주는 선생님에게 안긴 채 창밖을 바라보았어.

어느새 해가 쨍쨍 내리쬤어. 눈이 서서히 녹아내리고 있었
어. 우주는 가슴이 철렁 내려앉았어.

'큰일 났다! 눈오리! 다 녹아 버리면 어쩌지?'

게다가 우주보다 먼저 놀이터에 간 아이들이 눈오리를 발견
하지 못하고 시소를 탈지도 모르잖아? 우주는 눈오리를 옮겨

두지 않은 것을 후회했어. 할머니한테 혼나더라도 눈오리를 안전한 곳으로 옮겨 두고 올 걸 그랬나 봐.

그때부터 우주는 안절부절못했어. 선생님이 건네는 말도 귀에 들어오지 않았어. 꼭 오줌이라도 마려운 것처럼 몸을 배배 꼬았지. 그제야 선생님은 우주에게 집에 가도 좋다고 허락해 주었어.

우주는 쏜살같이 교실을 빠져나와 아파트 놀이터까지 쉬지 않고 달렸어.

눈오리를 구출하라!

놀이터는 학교에서 돌아온 아이들로 북적거렸어. 아이 두 명이 시소 앞에서 눈오리를 바라보고 서 있었어. 우주 짝꿍 은지와 같은 반 미소야. 둘은 우주랑 같은 아파트에 살아.

"어떡하지?"

"아무래도 안 될 것 같지?"

시소를 타고 싶은데 눈오리들이 다칠까 봐 걱정하는 것 같았어. 함부로 시소를 타지 않은 건 다행이지만, 뒤에 서 있는 우주는 애가 탔어. 우주 눈에는 눈오리들이 아침보다 작아진 것처럼 보였거든.

'빨리 넓고 평평한 그늘로 옮겨야 할 텐데…….'

하지만 우주는 선뜻 나서지 못했어. 은지가 지우개 일로 아직 화가 나 있을 테니까 말이야.

우주가 뒤에서 발을 동동 구르는 줄도 모른 채, 은지가 미소에게 말했어.

"안 되겠다. 우리 그냥 그네부터 탈까?"

그때 우주가 자기도 모르게 불쑥 앞으로 나서며 말했어. 아마 은지에게 미안한 마음이 들어 뭐라도 도와주고 싶었나 봐.

"내가 눈오리들을 옮겨 줄게. 그럼 너희 시소 탈 수 있어."

그제야 아이들이 뒤를 돌아봤어.

"아! 그럼 되겠다."

미소가 활짝 웃으며 말했어. 하지만 은지는 우주를 보고 뾰로통하니 아무 말도 하지 않았어. 역시 아직 화가 나 있나 봐.

우주는 시소로 다가가 두 손으로 눈오리 한 마리를 조심스럽게 들어 올렸어. 그때 미소가 말했어.

"내가 도울게."

미소도 한 마리를 안았어. 우주와 미소가 눈오리를 한 마리씩 들자 시소 위에는 눈오리 두 마리가 남았어.

은지는 친구들과 남은 눈오리를 번갈아 바라보았어. 그러더니 두 손으로 조심히 눈오리 한 마리를 집어 들었어.

"나도 도울게."

우주는 하마터면 은지에게 고맙다고 말할 뻔했어. 그래도 은지 화가 좀 풀린 것 같아 다행이라고 생각했어.

이제 시소 위에 남은 눈오리는 한 마리뿐이야.

홀로 앉아 있는 눈오리를 보고 은지가 말했어.

"얘는 어쩌지?"

"얼른 옮기고 내가 다시 올게."

우주가 씩씩하게 대답했어.

그때 어디선가 남자아이 한 명이 다가오더니, 시소 위에 남은 눈오리를 번쩍 들어 올렸어.

"내가 할게."

"고마워, 김현우!"

미소와 은지가 합창하듯 말했어.

현우도 같은 아파트에 사는 친구야. 셋은 서로 아는 사이인가 봐.

"저쪽 나무 아래 의자에 두자."

현우는 그렇게 말하더니 우주와 아이들보다 앞장서서 걸었
어. 모두 현우 뒤를 따라 의자에 눈오리들을 내려놓았어. 하
지만 한낮이라 그런지 나무 아래에도 그늘이 지지 않았어.

현우가 얼굴을 찌푸린 채 하늘을 바라보았어. 아이들도 현
우를 따라 하늘을 올려다보았지. 의자 위로 햇볕이 쨍쨍 내리
쬐고 있었어.

가자, 우리 집으로!

우주는 주변을 살폈어. 하지만 놀이터 어디에도 그늘은 보이지 않았어.

'어쩌지?'

우주는 마음속으로 혼자 생각했어.

"이대로 두면 눈오리들이 다 녹아 버릴 텐데……."

은지도 우주처럼 걱정했어. 그때 미소가 말했어.

"냉동실에 넣어 두자. 아이스크림처럼 말이야."

그 말에 아이들은 모두 눈을 반짝이며 서로의 얼굴을 바라보았어.

"오! 굿 아이디어!"

현우가 호들갑을 떨며 미소를 칭찬했어.

"그런데 우리 집은 안 돼. 엄마한테 혼날 거야."

미소가 말했어.

"우리 집도 안 돼."

은지도 아쉬워하며 말했어.

"우리 집에 뒀다가는 내 동생이 아이스크림인 줄 알고 다 먹어 버릴걸?"

현우도 말했지.

너도나도 안 된다고 말하자 다들 시무룩해졌어.

그때 우주가 조그맣게 중얼거렸어.

"그럼 우리 집으로 가야 하나?"

"응? 뭐라고?"

"신우주, 뭐라고 했어?"

잘 안 들렸는지 아이들이 귀를 쫑긋 세우며 물었어.

우주는 다시 대답하기를 망설였어. 친구를 사귀지 않으려면

친구를 절대 집에 데려가면 안 되거든. 그렇지만 우주 혼자 힘으로는 눈오리들을 지킬 수 없어. 친구들의 도움이 꼭 필요해. 우주는 눈오리들이 녹지 않게 지켜 주는 게 먼저라고 생각했어.

'어쩔 수 없어. 아이들을 집에 데리고 가는 게 지금으로서는 최선의 선택이야!'

잠시 고민하던 우주가 큰 소리로 말했어.

"가자, 우리 집으로!"

아이들은 누가 먼저랄 것도 없이 자리에서 벌떡 일어났어. 그리고 각자의 눈오리를 안고 우주 뒤를 따라갔어.

다행히 집에는 아무도 없었어. 할머니가 잠시 외출한 모양이야. 우주와 아이들은 곧장 부엌으로 달려가 냉동실 문을 열었어. 하지만 냉동실에는 내용물을 알 수 없는 검은색 비닐 봉지와 꽁꽁 언 무언가로 가득 차 있었어. 눈오리 네 마리는 커녕 한 마리 넣을 자리도 없었지.

"어휴, 여기도 안 되겠다."

은지의 말에 모두 기운이 빠졌어. 하나둘 식탁 의자에 털썩

주저앉았지. 각자의 눈오리를 두 손에 꼭 쥔 채 말이야. 집 안
으로 들어온 눈오리는 아까보다 더 심하게 땀을 흘리는 것 같
았어. 미소에게 안긴 눈오리는 앞으로 고꾸라질 듯 고개를 푹
떨구기까지 했어.

"얼른 다른 방법을 찾아야 해."

미소가 울먹이자 우주와 아이들의 마음이 더욱 바빠졌어.

놀이터에 펼쳐진 우산

"이글루를 만들면 어떨까? 얼음집 말이야."

현우가 말했어.

모두 "찬성!"이라고 한목소리로 외쳤지.

"서두르자. 어서!"

아이들은 시간을 아끼기 위해 각자 역할을 나누기로 했어.

눈오리를 옮기는 일은 우주와 현우가 맡았어. 두 사람은 미소

와 은지 눈오리까지 챙기느라 양손에 눈오리를 들고 놀이터로

향했어. 눈오리를 떨어뜨릴까 봐 엉덩이를 쭉 빼고 뒤뚱뒤뚱

걸었지. 진짜 오리가 된 것 같았어.

"키드득키드득"

우스꽝스러운 서로의 모습에 자꾸만 웃음이 나왔어. 웃느라 배가 아파 하마터면 꽈당 넘어질 뻔했다니까.

그사이 미소와 은지는 각자 자기 집으로 갔어. 네모난 플라스틱 모양 틀과 삽, 양동이를 가져오기로 했지. 모래놀이 할 때 쓰는 것들 말이야. 네모난 모양 틀은 많을수록 좋았어.

1층에 사는 미소는 얼른 뛰어서 집으로 갔어. 12층에 사는 은지는 엘리베이터가 15층에서 꾸물거리며 내려오지 않아 한참 동안 발을 동동 굴렀지 뭐야? 눈오리들이 기다린다는 생각에 마음이 콩닥콩닥 뛰었어.

잠시 후, 모두 놀이터에 다시 모였어. 눈오리들은 잠깐 벤치 아래 좁은 그늘에 두었어. 아이들은 드디어 얼음집을 만들기 시작했어.

방법은 간단해. 먼저 놀이터 여기저기에서 모은 눈을 양동이에 가득 담아 한곳에 쌓았어. 그다음 네모난 모

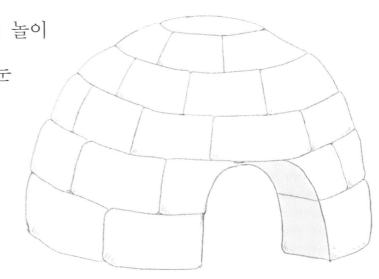

양 틀에 눈을 담았어. 할머니 등을 마사지할 때처럼 꾹꾹 눌러 담기도 하고, 아기 엉덩이를 토닥일 때처럼 살살, 톡톡 부드럽게 두드리기도 했어. 여덟 개의 작은 손이 이리저리 바쁘게 움직였지.

단단하게 눈을 뭉쳐 넣은 다음, 모양 틀을 뒤집어 살살 흔들면 새하얀 벽돌이 완성됐어. 혹시라도 눈이 잘 빠지지 않으면 '툭툭' '탁탁' 모양 틀을 두드려 주면 돼.

아이들은 눈 벽돌을 조심조심 쌓아 올렸어. 동화책에서만 보던 얼음집을 상상하면서 말이야. 그런데 서로 자기가 먼저 하겠다고 나서는 바람에 한 사람씩 돌아가며 눈을 쌓아야 했어. 순서는 가위바위보로 정했어. 아이들은 줄까지 서서 순서대로 눈 벽돌을 쌓았어.

눈 벽돌을 다 쌓고 나면 마지막으로 문이 될 구멍을 뚫는 거야. 그러면 얼음집 완성! 그 안에 눈오리들을 안전하게 넣어 두기만 하면 성공이야.

모두 기대에 부풀어 열심히 눈을 쌓아 올렸어. 그랬는데 글쎄…… 얼음집이 와르르 무너져 버렸어. 이미 녹기 시작한 눈이라 힘이 없어서 그런가 봐. 다시, 또다시 반복해 봤지만, 소용이 없었어. 이글루를 만드는 건 어림도 없는 일 같았어. 결국 이 방법도 실패야.

그사이 한낮의 해가 빛을 더 쨍쨍 내리쬐었어. 어느새 놀이터에서 놀던 아이들이 하나둘 외투를 벗어 던졌어. 우주와 아이들은 다시 머리를 맞대고 다른 방법을 궁리하기로 했어.

"아, 우산! 우산은 어때? 여름에 따가운 햇볕을 피할 때 엄마들이 우산을 쓰잖아."

우주가 말했어.

"그건 양산 아니야?"

현우가 대답했지.

"지금 중요한 건 그게 아닌 것 같은데?"

미소가 말했어.

"그래. 우산이든 양산이든 얼른 눈오리들한테 씌워 주자."

은지의 말이 끝나자마자 아이들은 각자의 집으로 달려갔어.

그리고 잠시 후, 놀이터 한편에 노랑, 빨강, 파랑, 초록 우산이 펼쳐졌어.

우주와 아이들은 자기가 돌보던 눈오리 앞에 쪼그려 앉아 우산을 씌워 주었어. 그제야 눈오리들도 조금 시원해하는 것 같았어.

그 모습을 본 우주와 아이들 모두 뿌듯한 표정으로 서로를 바라보았어. 마음이 벅차올랐어. 함박웃음이 절로 나왔지.

우리 친구가 된 거야?

놀이터는 신나게 노는 아이들로 더욱 분주해졌어. 미끄럼틀이나 시소, 그네를 타는 아이들부터 눈싸움하는 아이들까지 놀이터는 '하하' '호호' 웃음소리로 가득 찼어.

우산 아래 나란히 쪼그려 앉아 있던 우주와 아이들은 어느새 부러운 듯 그 모습을 바라보았어.

잠시 후 현우가 벌떡 일어나 말했어.

"얘들아! 나 잠깐만 놀다 올게."

현우는 눈싸움하는 아이들에게 달려갔어.

"우리도 다녀올게."

곧이어 은지와 미소도 시소를 타러 갔어.

문제는 없었어. 우산을 세워 두기만 해도 눈오리들에게 아주 넓고 시원한 그늘을 만들어 줄 수 있었으니까.

하지만 우주는 눈오리들 곁을 떠나지 않았어. 대신 눈오리들을 한데 모으더니 우산 네 개를 겹쳐서 더 단단한 그늘을 만들어 주었지.

잠시 후 시소에서 내려온 미소와 은지가 우주 곁으로 달려와 눈오리들을 살펴보았어.

"눈오리들은 괜찮아?"

어느새 현우도 달려왔어.

"모두 무사하지?"

걱정하는 아이들을 보며 우주가 말했어.

"모두 괜찮아. 여긴 내가 지킬 테니까 너희들은 재밌게 놀아."

사실 우주도 함께 놀고 싶었어. 하지만 어쩔 수 없는 일이라고 생각했어. 혹시라도 눈오리들이 다치면 안 되니까 말이야.

시간이 지나자 서서히 해가 기울었어. 그림자도 조금씩 자리를 바꿨지. 우주는 해의 위치를 살피며 우산을 조금씩 옮겨 주었어. 놀이터에서 놀던 아이들도 하나둘 집으로 돌아갔어. 학원 차를 타러 가는 아이도 있었고, 엄마 손을 잡고 집으로 가는 아이도 있었어.

"우리 먼저 갈게. 이제 학원 갈 시간이야."

"오늘 재미있었어."

은지와 미소가 학원 차로 달려가면서 우주에게 손을 흔들어 주었어.

우주도 손을 흔들며 말했어.

"우산은 내일 학교에서 돌려줄게."

저만치 집으로 달려가던 현우도 뒤돌아 손을 흔들었어.

"난 3반 김현우야! 너희 옆 교실."

"알았어. 내일 봐! 잘 가!"

내일 봐!

우주는 어느새 두 손을 높이 들어 친구들에게 흔들어 주었어. 그러다 깜짝 놀라 얼른 손을 내리고 입을 막았어.

'헉, 설마 나 쟤들이랑 친구가 된 거야? 은지, 미소, 현우 모두?'

아무래도 친구를 사귀지 않겠다는 우주의 계획은 실패로 돌아간 것 같아. 눈오리들 때문에 말이야. 그래도 우주는 친구들 덕분에 눈오리들을 지킬 수 있어서 정말 다행이라고 생각했어.

모두 모두 잘 자!

해가 저물자 날이 다시 쌀쌀해졌어. 덕분에 눈오리들은 기운을 차리고 더 쌩쌩해졌지. 우주는 좀 추웠지만 눈오리들에게는 다행스러운 일이라고 생각했어.

"우주야, 혼자서 뭐 해? 우리도 집에 가자."

할머니가 어둑해진 놀이터에 혼자 남은 우주를 데리러 왔어. 할머니는 빨간 모자와 목도리를 두르고 있었어. 마트에 다녀오는 길인지 커다란 장바구니를 들고 말이야.

"여기 더 있을래요."

우주가 말했어.

"눈오리들도 쉬어야지. 우리 우주처럼 하루 종일 신나게 노느라 무척 피곤할 텐데?"

"하지만 애들은 돌아갈 집이 없는걸요?"

"눈오리들은 놀이터가 집이지."

"여기가 무슨 집이에요? 엄마도 없는데……."

우주의 말에 할머니는 장바구니를 가만히 내려놓았어.

그리고 우주를 꼭 끌어안았지.

"아이고, 내 새끼. 엄마가 보고 싶었구나."

우주는 할머니 품에 안겨 눈오리들을 바라보았어. 눈오리들도 우주를 보며 조용히 미소 지었어.

어느새 다시 소리 없이 눈이 내렸어. 가로등이 반짝 눈을 뜨며 깨어났어. 노란 불빛 아래로 하얀 솜털 같은 눈이 사락사락 내렸어.

"엄청 귀엽지?"

어디선가 엄마 목소리가 들리는 것 같았어. 우주는 그제야 생각했어. '그러고 보니 꼭 그날 밤 엄마가 만들어 준 눈오리 친구들 같네?' 하고 말이야.

모두가 잠든 한밤중이야.

잠에서 깬 우주는 살금살금 베란다로 나갔어. 그리고 차가운 창문에 얼굴을 대고 놀이터를 내려다보았어. 낮에 보지 못한 커다란 눈오리 한 마리가 가로등 빛을 받아 환하게 빛났어.

친구들과 이글루를 만들다 실패한 눈덩이를 모아 할머니와 우주가 함께 만든 엄마 눈오리야. 할머니는 커다란 눈오리에

게 쓰고 있던 빨간 모자와 목도리를 벗어서 씌워 주었어. 커다란 눈오리가 할머니를 보며 방긋 웃었어. 고맙다고 인사하는 것 같았어.

밤이라 잘 보이지 않지만 자세히 보면 엄마 눈오리 옆으로 작은 눈오리 네 마리가 쪼르륵 앉아 있었어. 우주와 친구들이 지켜 준 눈오리들이야. 모두 엄마 눈오리 옆에서 편안히 잠을 자고 있었어. 우주는 그제야 마음이 놓였어.

우주는 다시 이부자리로 돌아와 누웠어. 할머니가 잠결에

돌아누우며 우주를 꼭 안아 주었어. 머리를 쓰다듬고 등도 토닥토닥 두드려 주었지. 우주는 따뜻한 할머니 품속으로 파고들며 조그맣게 속삭였어.

"모두 모두 잘 자."

우주의 곁에는 내일 친구들에게 돌려줄 우산 세 개가 나란히 놓여 있었어.

고마워! 잘했어!

밤새 소복이 눈이 내린 다음 날이었어요. 아파트 앞 높은 담장 위에 누군가 눈오리 몇 마리를 올려놓았어요. 아슬아슬 위험해 보이는 모습이 마음에 걸렸지만 그냥 두고 외출했어요.

낮에는 햇볕이 따뜻했어요. 집으로 돌아오는 길에 다시 눈오리들을 보았어요. 여전히 높은 곳에 조마조마하게 앉아 있었지요. 눈오리들은 어느새 많이 녹아 작아진 것 같았어요. 가만히 안아 구해 주고 싶었지만 그러지 못했어요. 사람이 많이 다니는 길이라 부끄럽기도 했고 바쁘기도 했거든요.

다음 날, 눈오리들은 어디론가 사라지고 없었어요. 그날 구해 주지 못한 눈오리들이 어쩐지 내내 마음에 남았어요.

나 대신 눈오리들을 지켜 준 우주, 은지, 미소, 현우에게 고맙다는 말을 전하고 싶어요. 잘했다고 칭찬하고 꼭 안아 주고 싶어요. 어른인 나보다 더 따뜻한 마음으로 작고 약한 존재들을 사랑하는 아이들에게 많은 것을 배웁니다.

세상은 내가 사랑한 만큼 나를 사랑해 줍니다. 반드시 사랑을 돌려주지요. 우주의 마음을 모두가 따뜻하게 어루만져 준 것처럼 말이에요.

올겨울에도 눈이 많이 내릴까요? 온 세상이 하얗게 변할까요? 우주와 엄마가 마음껏 뛰어다니던 하얀 눈밭에서 나도 아이들과 함께 신나게 뒹굴며 눈싸움 한판 하고 싶어요.

여러분, 모두 뛰놀 준비됐나요?

2024년 겨울,
김온서